EL RINOCERONTE

PELUDO

PARA MIS QUERIDOS MAT, ANA Y JESS

1.ª edición: mayo 2012

© Amalia Low, 2011
© Ediciones B, S. A., 2012
   Para el sello B de Blok
   Consell de Cent, 425-427 - 08009 Barcelona (España)
   www.edicionesb.com
   Publicado por acuerdo con Ediciones B Colombia S. A.

Printed in Spain
ISBN: 978-84-939613-6-7
Deposito legal: B. 12.302-2012

Impreso por EGEDSA

EL RINOCERONTE
PELUDO

Texto e ilustraciones de Amalia Low

blok
B DE BLOK   CENTRAL

Barcelona • Madrid • Bogotá • Buenos Aires • Caracas • México D.F. • Miami • Montevideo • Santiago de Chile

Érase una vez un rinoceronte peludo. Tenía los ojos peludos, la nariz peluda, las orejas peludas, el cuerpo peludo y la lengua peluda.

Sus ojos eran tan peludos que no veía nada.

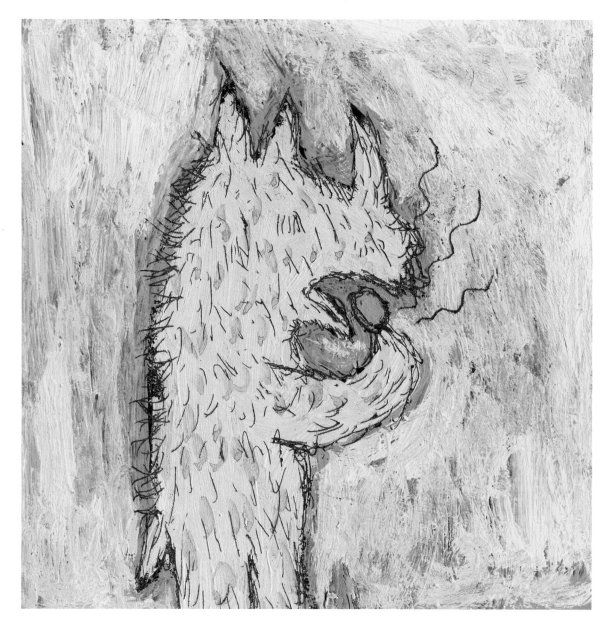

Su lengua era tan peluda que a veces comía cosas podridas sin darse cuenta. ¡Qué dolores de barriga!

Su cuerpo era tan peludo que sufría de calor día y noche.

Su nariz era tan peluda que no sabía que olía fatal, pues jamás se había bañado.

Sus orejas eran tan peludas que no oía nada.

¡Cuidado con la piel de plátano!

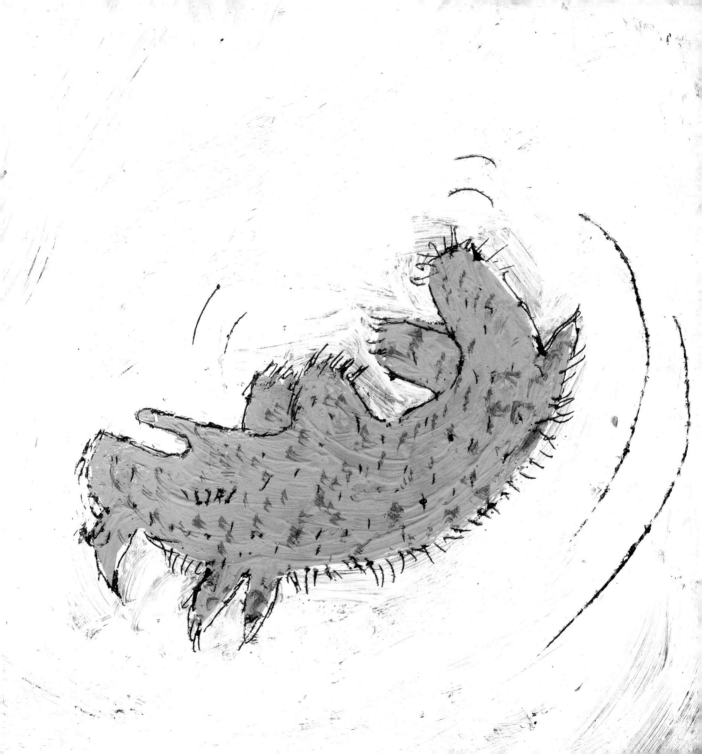

Al sacar la cabeza, el agua le peinó el pelo hacia atrás y por fin pudo ver y oír.

En esas se encontró con un flamenco que estaba completamente calvo.

—Flamenco, creo que tenemos el mismo problema, pero al revés.

—Es cierto, tú tienes demasiado pelo y yo no tengo ni una pluma. Si quieres, te ayudaré: soy peluquero profesional.

—¡Qué suerte! Por favor, quítame todo este pelo cuanto antes.

El flamenco estuvo trabajando durante varias horas. Cuando terminó, había pelos y más pelos por todas partes.

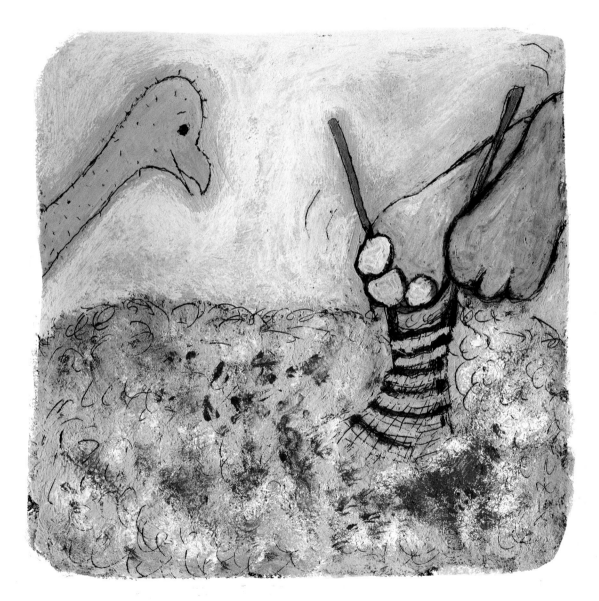

—¡Se me ocurre una idea! —dijo el rinoceronte—. Voy a tejerte algo de ropa.

Así, un rinoceronte completamente calvo y un flamenco más que peludo salieron a disfrutar de las maravillas del mundo…

el perfume de las flores...

la suavidad de una caricia…

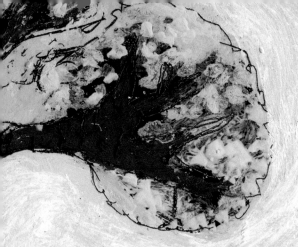

la dulzura de la miel…

las aventuras…

que terminan bien...

y los colores del atardecer.

–Oye, Flamenco, creo que noto algo extraño. Estoy temblando y tengo la piel llena de puntitos.

—Eso se llama tener frío. Haremos una cosa: todavía nos queda mucho pelo...

—Buenas noches, Rinoceronte.

—Buenas noches, Flamenco.